La Herencia

LOS HEREDEROS RESTAURADOS

F I R S T   E D I T I O N
Published in January 2023

Y.Λ.M. MEDIΛ
YANNI AYANA MEDIA, LLC
www.YanniAyana.com

Spanish ISBN: 979-8-98641 51-3-0

Library of Congress Registration
Ayana, Yanni
La Herencia: Los Herederos Restaurados
Registration Number: Tx 9-189-222 | October 12, 2022

Category: Christian Fiction, Fantasy

Library of Congress Cataloging-in-Publication Data

Author: Yanni Ayana Media, LLC |
YAM.Books@outlook.com

Cover Design and Layout: Eli Blyden Sr. |
www.EliTheBookGuy.com

Printed in the United States of America by: A&A
Printing & Publishing | www.PrintShopCentral.com

Agradecimientos

Agradezco a DIOS por darme la gracia,
la sabiduría y el valor para completar este libro,
"La Herencia: Los Herederos Restaurados".

Me gustaría dar un agradecimiento especial a mi madre Mauva Morrison por apoyarme con oraciones, y amor en cada área de mi vida.

Este libro "La Herencia: Los Herederos Restaurados", es mi primera historia corta en el género de la ficción cristiana. Dios intencionalmente permite que diferentes personas en nuestro camino nos guíen hacia su perfecta voluntad. Estoy agradecida con mi hermana la Dra. Alicia Francois, Christine Bland-Millard fundadora de C.L.C., Inc. y Eli, CEO de EliTheBookGuy.com por hacer este libro una realidad. Todos esperamos que esta historia de redención, vuelva a conectar los corazones con Dios en todo el mundo.

También, un sincero agradecimiento a mi padre Michael Bernard, familia, seres queridos, pastores, líderes y amigos.

Que Dios los bendiga ricamente.
−Yanni Ayana

"...Háblales de MÍ.
A través de ti me conocerán,
y su verdadera identidad".

–Rey Sequoia

La Herencia

LOS HEREDEROS RESTAURADOS

Escrito por: YANNI AYANA

Introducción

En esta historia se pone de manifiesto el amoroso corazón del Padre por todos sus hijos. El detallado plan de redención del Padre tenía como objetivo restaurar a los verdaderos herederos su poder y autoridad a través de la fe en su Hijo. Mi propósito general es ayudarte a entender tu origen, identidad y autoridad en el Reino.

El Reino De Los Árboles

El reino de Arbol es un reino arbóreo, que estaba lleno de fiesta, música y alegría. El conjunto de árboles, que incluía plantas, enredaderas y arbustos, poseía un suelo muy rico. Los habitantes de Arbol disfrutaban de diferentes estaciones y climas. Su reino también poseía tesoros de viento, lluvia, rayos y granizo.

Las aguas de los ríos de Arbol eran hermosas. Eran cristalinas, con un brillante color azul zafiro. La superficie de las montañas estaba decorada con diamantes, rubíes, esmeraldas y piedras preciosas de todo tipo.

El rey Sequoia por su parte era un árbol poderoso y enorme, sin parangón en tamaño y estatura. Tenía grandes y largas ramas robustas que se extendían hasta donde alcanzaba la vista. A pesar de ser muy soberano y majestuoso, dio a toda su creación libre albedrío para tomar decisiones. Otorgó a todos dones y talentos con el deseo de compartirlos con los demás e inundar la atmósfera de amor.

Los ciudadanos de Arbol veneraban al Rey Sequoia y a su familia, que también eran llamados la Trinidad. Su familia era su hijo Coast, y su principal consejero Don. Eran los árboles más grandes del reino eterno de Arbol y eran los únicos que llevaban el sello de la RAMA DE OLIVO. El sello de la RAMA DE OLIVO a veces se iluminaba con una luz brillante en el centro de su tronco.

Dentro del reino, también había un árbol malvado y envidioso llamado Jaccard. Era un árbol con hermosas flores moradas y era admirado por todos los que lo contemplaban. Muchos árboles y plantas admiraban su belleza y amaban su música que colmaba el reino. Era uno de los líderes del rey Sequoia y proporcionaba música para cada ocasión. Jaccard era capaz de reproducir sonidos en su interior y enseñaba a otros ciudadanos con su talento musical.

A menudo, después de una celebración, Jaccard disfrutaba de conversaciones con los guardias militares del Rey Sequoia, llamados los Grandes Guardianes. Sin embargo, una noche, después de las risas y de hablar de los mejores momentos de la fiesta, la reunión tomó un cariz diferente cuando dijo al grupo,

—¡No soy diferente al rey Sequoia! ¡Miren cómo me admiran todos en el reino de Arbol! Aquí no habría alegría sin mi canto y mi música.

Los guardianes fuertes escucharon a Jaccard y reflexionaron sobre sus palabras. No obstante, no todos estaban contentos con su crítica a la Trinidad Real. Sin embargo, había algunos que estaban de acuerdo con él en silencio en sus corazones.

Más temprano ese mismo día, la Trinidad se reunió en la montaña más grande llamada Triunfo, para discutir la expansión de Arbol.

—Quiero ampliar mi reino —dijo el rey Sequoia.

—Crearé un territorio adicional y será una colonia. Tendrá algunos de los rasgos y características de mi reino eterno. Sin embargo, quiero que mis hijos tengan el dominio y la gobernación en mi nueva colonia llamada Aarde.

—¿Tus hijos? —preguntó Coast.

—¡Sí, hijo! Quiero más hijos e hijas —respondió el Rey Sequoia.

La Trinidad unió sus ramas en señal de acuerdo y el sello de la RAMA DE OLIVO en sus núcleos comenzó a brillar en su tronco. Entonces el Rey Sequoia declaró,

—¡Hagamos todo ahora! Serán hechos a nuestra imagen y semejanza. Ellos tendrán una forma física destinada a operar en la colonia Aarde. Los llamaré Hyquoias, y formarán parte de nuestra familia Sequoia. Los dos primeros hyquoias se llamarán Almund, y Evergreen. Serán como marido y mujer, para multiplicarse, y llenar la colonia de árboles hyquoia.

Quiero que los hyquoias gobiernen Aarde de la misma manera que nosotros gobernamos el reino eterno de Arbol. Podrán tomar decisiones y toda su creatividad, e ideas, serán inspiradas por MÍ. Los hyquoias tendrán una relación amorosa con nosotros y llenarán la tierra con nuestra cultura, y valores.

¡Coast, y Don estaban muy contentos con todos los planes! Entonces el Rey Sequoia respiró profundamente, y sopló un gran viento sobre Almund, Evergreen, y la colonia Aarde. Todo, de repente, cobró vida y el Rey miró a los hyquoias con gran amor y adoración.

Tras un momento de celebración en el Monte Victoria, inmediatamente el Rey Sequoia dio un paso atrás con ira en sus ojos.

—Padre, ¿qué ocurre? —preguntó Coast.

—¡Gran Rey, parece perturbado! ¿Está todo bien? —preguntó Don.

El Rey Sequoia respondió en voz baja,

—¡Jaccard ha decidido oficialmente enaltecerse!

***

En una cueva poco iluminada junto al río azul cristalino de Arbol, los Grandes Guardianes rebeldes intentaron negociar en secreto un acuerdo de poder con Jaccard. Mientras tanto, los guardianes fieles corrieron al Monte Victoria para informar a la Trinidad de los planes blasfemos de Jaccard.

—¡Jaccard! Si te ayudamos a convertirte en rey de Arbol, y a derrocar al Rey Sequoia y a su equipo sagrado, ¿qué ganamos nosotros?

—¿Me están diciendo que están dispuestos a ir en contra del MAGNÍFICO REY SEQUOIA, COAST, DON y sus Grandes Guardianes? —preguntó Jaccard sarcásticamente.

Después de un estallido de risa histérica Jaccard gritó,

—¡ESTÁN ABSOLUTAMENTE LOCOS! —su voz pasó de la risa al enfado, y luego, intrigado por la curiosidad, se acercó lentamente a ellos y les preguntó

—¿Cómo sé que hablan en serio? ¿Están tratando de tenderme una trampa para destruirme? ¿Para que puedan parecer héroes ante el Poderoso Rey Sequoia?

Elm, líder de los guardianes rebeldes dijo,

—Mi hermano Oak, y yo reuniremos un ejército para derrocar este reino, ¡pero tendrás que hacernos tan poderosos como tú! ¡Seremos como Coast y Don para ti, en todos los territorios del Rey Sequoia!

Jaccard se rio y dijo,

—¿Ser como Coast y Don para mí? ¡En mi reino, solo habrá UN rey! ¡Y ese seré YO! Sin embargo, te daré un poder secundario al mío, para ejecutar mi voluntad en todo Arbol. Tus seguidores en tu ejército estarán sujetos a ti. Sin embargo, ¡ambos estarán sujetos solo a mí! ¡Tendrán poder y autoridad sobre todos los ciudadanos para hacerlos cumplir mis leyes! Eso es más de lo que tienen hoy como meros guardias militares, ¡oh, lo siento! ¡Quiero decir Grandes Guardianes del Rey Sequoia!

Elm y Oak se miraron, se volvieron hacia Jaccard y respondieron,

—¡Sí! ¡Es un trato! ¡Danos algo de tiempo para entrenar y reunir un ejército! Te informaremos cuando estén listos para la batalla.

***

Mientras tanto, en el Monte Victoria, el Rey Sequoia dijo,

—¡Coast, Don! ¡Jaccard quiere ser rey y apoderarse de mi reino Arbol!

Don y Coast respondieron,

—¡¿QUÉ?!

Entonces, Coast dijo,

—¡Padre, Jaccard NUNCA tendrá éxito con sus planes!

El Rey Sequoia con un profundo suspiro respondió,

—¡Coast, él quiere ser tan poderoso como nosotros y adorado como YO LO SOY!

Don se precipitó hacia el Rey Sequoia y dijo,

—¡Debemos tomar consejo juntos para proteger a los ciudadanos de Arbol, y a los niños reales en la nueva colonia Aarde!

El Rey Sequoia miró a Don y a Coast y dijo,

—¡Declaro a ambos en este día, que Jaccard y sus seguidores serán destruidos para siempre!

—Padre, ¿debemos advertir a Almund y Evergreen? —preguntó Coast.

—¡Ellos estarán a salvo! —dijo el Rey Sequoia—, Si obedecen el decreto que les daré. Coast, ¿crees que Almund y Evergreen obedecerán bajo presión?

Coast respondió,

—¡Padre, tú lo sabes todo! Sé que los amas y que los cuidarás.

Don en profundo pensamiento, y con una mirada silenciosa; miró al Rey Sequoia y le dijo,

—Honorable Rey: emitiré el decreto a los hyquoia de Aarde a su orden.

Almund y Evergreen amaban la vida en la colonia y su compañerismo con el Rey Sequoia, Coast y Don. La Trinidad visitaba diariamente a los ciudadanos de las hicoias en Aarde. Los árboles hyquoia compartirían las actualizaciones de sus progresos de nuevos descubrimientos, y los eventos más actuales.

El rey Sequoia paseaba con ellos por el mar y por los ríos para escuchar sus pensamientos y su creatividad. Le encantaba relacionarse con cada uno de los hyquoias. Estaba muy orgulloso de ellos porque se parecían mucho a él en todos los sentidos. Le encantaba estar en su compañía y cuidaba de sus hijos reales.

Una noche, mientras los visitaba, el rey Sequoia se sintió profundamente turbado en su corazón. Llamó a Almund y Evergreen y les preguntó,

—¿Han recibido mi decreto de mi consejero principal Don?

Almund respondió,

—¡Sí, Padre! ¡Hemos recibido su único decreto! ¡Don lo compartió y nos dijo que era la única orden tuya y que debíamos obedecerla!

El Rey Sequoia exhaló con un suspiro de alivio, sostuvo las ramas de Almund y Evergreen, los miró a los ojos y dijo solemnemente,

—Obedezcan mi único decreto. Si desobedecen, todos morirán.

Ambos se entristecieron por las palabras del Rey Sequoia. Almund se inclinó ante él y dijo,

—¡Oh Padre, créeme! ¡Obedeceremos! ¡Obedeceremos tu decreto!

En el reino eterno de Arbol la contención llenó la atmósfera.

—¡Rey Sequoia, Rey Sequoia! ¡Jaccard, y un tercio de los Grandes Guardianes de tu reino han atacado a los ciudadanos y a los guardias militares de Arbol! —gritó Micah, el jefe de los guardias fuertes del reino.

El rey Sequoia ordenó,

—¡Coast, Don, el momento es ahora! ¡Jaccard NO prevalecerá en mi reino! ¡Micah, libera los tesoros!

Dos de los más poderosos guardianes, Micah y Gabal, abrieron los tesoros del rayo, el trueno, el viento y el granizo. Grandes y oscuras nubes arremolinadas llenaron el aire, y las montañas temblaron violentamente. El suelo se desmoronó, desarraigando a los ciudadanos de Arbol. Mientras corrían frenéticamente para ponerse a salvo, sus raíces se enredaron, tropezaron y cayeron unos sobre otros. ¡Algunos fueron víctimas de la estampida, gritando por ayuda en pánico y consternación!

Los ríos comenzaron a inundarse y desbordarse. Los temblores que sacudieron la tierra y las montañas, hicieron que se formaran tsunamis en el mar. Las aguas se volvieron muy violentas y feroces. Las grandes olas comenzaron a chocar contra los acantilados, las montañas y las costas. Muchos árboles perdieron el equilibrio y cayeron al suelo. Los demás ciudadanos de Arbol, temerosos de ser arrastrados por el mar, corrieron rápidamente a terrenos más altos para esconderse en las cuevas, con en las montañas. Los árboles más grandes se cernían sobre los más pequeños para protegerlos de los rayos, el viento y el granizo. Las nubes oscuras llenaron el reino y dificultaron que los ciudadanos vieran la batalla entre el ejército de Jaccard y los guardianes del rey Sequoia.

—¡RÍNDETE Rey Sequoia! —gritó Jaccard.

Los ojos del Rey Sequoia eran como llamas de fuego, cuando señaló a Jaccard y dijo,

—¡REALMENTE HAS PERDIDO LA CABEZA JACCARD! ¡NO HAY REDENCIÓN PARA TI Y TU BANDA DE PERDEDORES! ¡TU DESTRUCCIÓN SERÁ ETERNA! ¡DESPUÉS DE TODO LO QUE TE DI EN MI REINO! ¿CÓMO TE ATREVES A VENIR CONTRA MÍ DE ESTA MANERA?

Jaccard entonces miró a la izquierda y a la derecha del Rey Sequoia y gritó,

—¡NO, COAST, adórame, y evita ser destruido con tu REY! —volvió su mirada maligna hacia el Rey y dijo—: Su Majestad, los hyquoias, sus hijos, los que llevan el sello de la

RAMA DE OLIVO de la Trinidad, ¡SÍ! Tus hijos reales... ¡oh, quiero decir tus clones reales en la nueva colonia Aarde! ¡Los haré mis esclavos y los destruiré también! Gobernaré y tendré dominio sobre ellos, y sobre la colonia. Pero primero destruiré... ¡La Trinidad!

¡La batalla se volvió intensa! Los guardianes reales de Arbol lucharon con la banda de rebeldes, luchando con ramas enredadas. Los guardianes del rey Sequoia estaban llenos de fuerza y poder. Lanzaron grandes rocas contra el ejército de Jaccard, destrozándolas y arrancándoles los miembros. El tercio de los Grandes Guardianes reclutados por Oak y Elm, fueron derrotados en gran medida.

El REY SEQUOIA se levantó alto y poderoso, y brilló con un fuego inconsumible. Con una voz como de trueno dijo,

—JACCARD, TE HE DADO BELLEZA, PODER, INFLUENCIA, EL DON DE LA MÚSICA... ¡EN MI REINO ARBOL! ¡TE HE PERMITIDO COMPARTIR TU DON CON MIS CIUDADANOS! HE FIJADO UN TIEMPO SEÑALADO PARA TI Y TU EJÉRCITO LA TORTURA ETERNA EN EL

FUEGO INEXTINGUIBLE, CON TODA SEGURIDAD, SERÁ TU DESTINO.

¡Mientras hablaba, la Trinidad resplandeció con fuego y su sello de la RAMA DE OLIVO se iluminó brillantemente como el sol! Entonces, de repente, las nubes oscuras se espesaron, y el trueno se oyó tan fuerte, que vibró por todo el reino. Miqueas, Gabal y los guardianes reales agarraron las raíces de Jaccard y sus rebeldes, y en un relámpago los arrojaron fuera del reino de Arbol para siempre. Todos desembarcaron en la colonia de Aarde.

Después del exilio de Jaccard, el rey se dirigió a los ciudadanos de Arbol:

—¡Jaccard y un tercio de mis Grandes Guardianes intentaron derrocarme a MÍ, a mi Hijo Coast y a mi principal consejero Don! ¡SOY OMNIPOTENTE, OMNIPRESENTE Y TODO PODEROSO! ¡NADIE PREVALECERÁ JAMÁS CONTRA LA TRINIDAD, O MI REINO! Somos UNO y reinaremos para siempre.

Los ciudadanos de Arbol se alegraron y celebraron. La resina roja del árbol de sangre de dragón se utilizaba para aliviar y limpiar sus heridas. Era un bálsamo curativo para los que estaban heridos por la batalla. Todos vitorearon y gritaron,

—¡LA PAZ, LA ALEGRÍA Y LA JUSTICIA HAN SIDO RESTAURADAS! LA TRINIDAD REINARÁ PARA SIEMPRE.

***

En la colonia Aarde, Jaccard y su ejército ya no eran los poderosos árboles que eran en Arbol. Se convirtieron en enredaderas babosas, espinosas, feas y llenas de bultos. Todos perdieron su belleza, estatura y fuerza. Todas las hermosas flores y ramas de color púrpura de Jaccard desaparecieron para siempre, sin embargo, todavía tenía la capacidad de cantar y hacer música. El Rey Sequoia también le cambió su nombre a KUDZU.

Frustrado y enojado, Kudzu gritó,

—¡¿MÍRAME?! ¡Ya no soy un hermoso árbol! ¿Dónde está mi cuerpo? ¡¿Dónde está mi tronco?! ¡¡SOY UNA ENREDADERA!!

—¡Escúchate! ¡Hemos perdido todo! —dijo Elm

—¡Si! ¡Ahora somos enredaderas, y sin poder contra los hijos reales del rey Sequoia en Aarde! ¡Hay tantos de ellos! ¡Mira lo altos y enormes que son! ¡Incluso se parecen a él! —gritó Oak.

Entonces Elm gritó con pánico,

—¡Yo también me he dado cuenta! ¡Todos los árboles de Aarde tienen la apariencia del Rey Sequoia! ¡MIRA! ¡Incluso tienen el sello de la RAMA DE OLIVO en la parte delantera de sus troncos al igual que la Trinidad! ¡Oh, Dios mío! ¡Nos van a destruir!

El resto de la tribu de las enredaderas se enfadó con Kudzu, pero permaneció en silencio porque tenía mucho miedo y se sentía impotente en la colonia de Aarde.

Kudzu, profundamente pensativo, escuchó la perorata de Oak y Elm y dijo

—¡He oído hablar de Aarde y de los clones reales del rey Sequoia aquí! ¡Todavía no estamos castigados eternamente! ¡Mira alrededor de la tribu! ¡Es hermoso aquí!

Una enredadera gritó una pregunta desde dentro del grupo,

—¡Kudzu! ¿Aún puedes tocar música?

Kudzu se miró a sí mismo con decepción, y dijo,

—¡No con este cuerpo! ¡Espera! —cerró los ojos e intentó tararear una nota—: Hmmm... —la voz de Kudzu era profunda y relajante. Emocionado por el sonido de su voz, dijo—: ¡Un momento! ¿Han oído eso? ¡Todavía lo puedo hacer! ¡Todavía puedo CANTAR!

Elm, Oak exhalaron aliviados, y algunas de las otras enredaderas gritaron de alegría porque Kudzu aún puede cantar.

—¡Cálmense todos! —dijo Kudzu—, ¡creo que sé una forma de convertirnos en una tribu poderosa en Aarde!

Almund, Evergreen y los árboles hyquoia de la colonia de Aarde se protegieron del conocimiento de la guerra. Todos los árboles hyquoia siguieron permaneciendo en su pacífico hábitat y caminaron con dominio y autoridad bajo la guía de la Trinidad. Cada tarde, al frescor del día, esperaban la visita real de la montaña Victoria.

—¡Almund, Evergreen, el primogénito de mi colonia Aarde! ¿Cómo están? —preguntó el rey Sequoia mientras los abrazaba cariñosamente con sus enormes ramas. Luego miró a su alrededor con admiración y dijo:

—Han gobernado de acuerdo a mis ordenanzas y estatutos. Veo que han mantenido, el dominio, la autoridad y el orden en Aarde. Han producido muchos hyquoias en la colonia.

Estoy muy satisfecho. Aarde se maneja como Coast, Don, y yo gobernamos nuestro reino en Arbol. ¡Estoy muy orgulloso de todos los árboles de hyquoia! Recuerden, si desobedecen mi decreto, morirán y ya no tendrán acceso íntimo a MÍ, a Coast y a Don. Todas los hyquoias morirán con seguridad.

Almund y Evergreen dijeron,

—¡Padre, Coast y Don, los amamos! Nunca desobedeceremos el único decreto que nos has dado.

Coast y Don se miraron el uno al otro, y luego volvieron su mirada hacia todas los hyquoias con ojos amorosos, y compasión. Porque sabían que no sabían nada de la guerra de Arbol y no podían comprender la importancia de obedecer este único decreto del Rey Sequoia.

Cuando la Trinidad regresó al reino de Arbol, el Rey Sequoia se sentó en su trono y preguntó,

—Coast, Don, ¿crees que mis hijos reales me aman lo suficiente como para obedecerme?

Coast dijo,

—¡Padre, TE AMO y te obedeceré!

Entonces Don dijo al Rey Sequoia, y a Coast,

—Tu plan entrará en vigor inmediatamente.

***

Durante un nuevo día en Aarde, Evergreen caminaba por el jardín de flores cantándoles sobre sus colores y su belleza, cuando de repente se dio cuenta de que había algo muy inquietante tirado entre los macizos de flores.

—¡EWW! ¡Qué enredadera tan fea! ¡Espinoso, musgoso y desagradable! ¿De dónde ha salido? ¡Puaj! —dijo Evergreen con absoluto asco.

—¡¿De dónde he salido?! —Kudzu pensó—: ¿No sabes quién soy? Evergreen, la madre de todos los hyquoias, ¡¿no sabes lo que pasó en el reino de Arbol?! Hmm, ¡entonces Almund y el resto de los hyquoias tampoco deben saber lo de la guerra!

Mientras se ofendía por la reacción de Evergreen, Kudzu estaba intrigado con el secreto sobre su presencia en Aarde. Pensó: "¿Por qué el rey Sequoia no les habló de mí ni de lo que pasó?" reflexionó profundamente y dijo para sus adentros: "Desde que me llamaste feo, me menospreciaste y me dijiste... ¡Asqueroso! Tú, Almund, y todos en Aarde serán mis sirvientes!"

Luego regresó a la cueva para contar a las otras enredaderas su encuentro con Evergreen.

Abajo, en la orilla del río, Evergreen corrió hacia Almund, que estaba descansando junto al río.

—¡Almund! Hoy he visto la enredadera más fea en el jardín de flores. Era viscosa, musgosa, desagradable y espinosa. Se movía entre las flores mientras yo les cantaba.

Almund preguntó,

—¿De dónde ha salido esa enredadera? Conozco todas las formas de vida de este lugar.

Evergreen respondió,

—No lo sé. ¡Por eso te pregunto a ti! Nunca hemos visto, producido o nombrado esa horrible enredadera!

—¡Bien! Mantengamos la calma. Podemos preguntarle a Padre, a Coast y a Don acerca de la enredadera de aspecto asqueroso que has visto hoy, cuando vengan a visitarnos esta tarde —dijo Almund.

En la oscura cueva, Kudzu entró emocionada y gritó,

—¡Hola a todos! ¿Por qué están tan tristes? ¡La colonia de Aarde es genial! La tierra es rica, el agua es limpia, ¡e incluso tienen un sol que lo ilumina todo! ¡Brilla tanto como lo hacía el Rey

Sequoia en Arbol! Estar condenado aquí hasta el juicio no está nada mal!

—¿Por qué estás de tan buen humor? —preguntó Elm.

—Elm —dijo Kudzu—, ¡no creo que ninguno de estos hyquoias reales sepa de nosotros, o de la batalla en el reino de Arbol!

Todas las enredaderas se sorprendieron con incredulidad. Entonces Elm preguntó,

—¡¿Qué te hizo pensar eso?! ¿Crees que el Rey Sequoia, Coast y Don dejarían que no supieran nada de nuestra nueva residencia aquí?!

Kudzu continuó,

—Hoy vi a Evergreen cantando en el jardín de flores. Luego me ha visto y se ha horrorizado de mi aspecto. No sabía quién era yo, ni de dónde venía.

Una de las enredaderas del régimen gritó,

—¿Hablaste con ella?

—¡No! —dijo Kudzu—, solo la escuché gritar comentarios degradantes sobre mí y, de repente, ¡salió corriendo! ¿Saben qué? Voy a volver allí ahora mismo para ver si ha vuelto. Si la vuelvo a ver, intentaré hablar con ella para ver si me oye.

Ahora, Evergreen siendo curioso, caminó de vuelta al jardín de flores para buscar de nuevo a esa fea enredadera. Kudzu la vio buscándolo desde la distancia. Pensó, "¡ella volvió a buscarme! Esta es mi oportunidad".

—¡Hola! —le dijo, pero no hubo respuesta. Ella se limitó a mirarlo con disgusto.

—¡Hola Evergreen! ¡Hoooola! —gritó Kudzu, pero ella siguió mirándole con desprecio, incapaz de oírle hablar.

—¿Eh? ¡Parece que no puede oírme! —dijo Kudzu, y continuó—, ¡el Rey Sequoia hizo que ni siquiera pueda hablar con sus clones reales! ¡Espera! No pueden oírme hablar, ¿tal vez puedan oírme cantar? ¡Todavía tengo mi música! ¡Será mejor que deje de mirarme así también! ¡No soy tan feo!

Entonces Kudzu tarareó una melodía, y ella le devolvió el tarareo.

—¿Puedes oírme? —preguntó Kudzu, pero no hubo respuesta.

Evergreen se quedó con la mirada perdida mientras se preguntaba por qué esa melodía que había escuchado le resultaba familiar.

—¿Por qué sigue mirándome? — desconcertado y frustrado Kudzu volvió a tararear con una melodía un poco más larga esta vez, observando su reacción.

Movió sus ramas al ritmo de la música y comenzó a tararear la melodía exactamente como la había oído. Entonces gritó emocionada,

—¡Esta es la música del reino de Padre en Arbol! ¡Ahh! ¡SÍ! ¡Nos dejaba oírla desde su reino cuando visitaba Aarde! ¡Uf! ¡Qué fea esa enredadera! ¿Esta melodía viene de ti?

"¡Si ella me llama de otra manera! ¡Juro que voy a saltar y envolverme en su cara!" pensó Kudzu, y continuó: "Vale, no puede oírme hablar, pero sí cuando canto. ¡Evergreen reconoce mi música de Arbol! ¡Estoy a punto de adueñarme de esta colonia ahora mismo! Voy a cantar para llegar al poder".

Entonces Kudzu asintió a Evergreen y comenzó a cantar:

—Hermosa floreciente Evergreen, me miras con confusión y celo. ¡Sé que no tengo mucho atractivo! Sin embargo, mi canto... ¡lo disfrutas! Así que, si me permites, voy a tranquilizarte. Me gustaría compartir un secreto contigo y con Almund. ¡Confía en mí, no me rehúyas! ¡No soy una enfermedad!

Cantó Evergreen:

—¡Oh, te escucho espantosa y amigable enredadera! Eres muy poco atractiva. Sin embargo, la música que cantas es tan melodiosa, y me trae tanta alegría. Seré amable contigo y te escucharé, ya que pareces suave como una hoja. Por favor, comparte tu secreto ahora y sé muy breve.

Kudzu sonrió, se aclaró la garganta y comenzó a cantar con su más bella voz.

—Vengo del reino de Arbol y tengo un mensaje para ti y para Almund. Sé que tu Padre te dio esta colonia para que la gobernaras, pero comparada con su reino, toda la gloria, no puedes ni imaginarla. Él no te contó sobre la guerra en Arbol, y cómo mi equipo pasó de ser árboles, a convertirse en enredaderas. Estoy seguro de que mientras me miras con asombro, te preguntarás realmente por qué. Siento compartir esto contigo Evergreen, pero tu Padre el Rey Sequoia, Coast y Don tienen algo muy importante que ocultar.

Conmocionada, Evergreen mira frenéticamente a su alrededor para ver quién está cerca. Entonces vio a Almund caminando hacia ella desde la distancia. Le gritó,

—¡ALMUND! ¡ALMUND! ¡Ven rápido! ¡Ven a escuchar esta enredadera! ¡Canta música de Arbol y dice que Padre, Coast y Don tiene algo que ocultar!

—¡EWW! ¡Qué enredadera más fea! ¡Qué asco! —gritó Almund. Luego señaló a Kudzu y preguntó desconcertado—: ¡¿Esto canta?!

—¡SÍ! —respondió Evergreen —¡Sí escúchalo!

—¡ESPERA! ¡Evergreen! ¡PARA! ¡Mírame! —dijo Almund, mientras la rodeaba con sus ramas. Gritó—: ¡EVERGREEN! ¡RECUERDA EL DECRETO DEL PADRE!

Kudzu parecía confundido y comenzó a cantar:

—¿Un decreto? ¡Tu Padre, el rey Sequoia, no te habló de mí, sino que te dio un decreto! ¡Mírate Almund! ¡Todos se parecen a Él! ¡Todos tienen su Sello! Sí, ¡sus hijos en verdad! ¡Aarde! ¡Una colonia tan gloriosa gobernada por su semilla! ¿Qué es este decreto que les dio su Padre? ¿Y por qué mantuvo mi presencia en Aarde oculta de ti?

—¿QUIÉN ERES TÚ? ¡Enredadera espantosa! ¿Cuál es tu nombre? —preguntó Almund.

Evergreen señaló a Kudzu y dijo,

—¡Almund, canta canciones como las que escuchamos de Arbol cuando Padre nos visita! ¡Nos está diciendo que Padre nos está ocultando información! ¿Por qué haría esto Padre?

—¡Por favor, diríjanse a mí sin insultos Almund y Evergreen! ¡Empiezo a pensar que ustedes, los hyquoias, son muy mezquinos! Por favor, perdónenme, no es mi intención ser grosero. Sí, ¡soy una enredadera! ¡Mi nombre es Kudzu!

—¡¿KUDZU?! —gritaron Almund y Evergreen.

Kudzu siguió cantando:

—¡No eres como tu Padre el Rey Sequoia, Coast y Don! No saben nada en absoluto y son el menor de los árboles en comparación con los del reino de Arbol!

—¿Qué estás diciendo? —preguntó Almund.

—¿Cómo lo sabes? —preguntó Evergreen.

Kudzu cantó,

—¡Es obvio ahora, que no son como el Rey Sequoia! No quiere que lo sepan todo y que sean tan poderosos como ÉL. Lamento traerles esta horrible noticia, sé que es decepcionante y muy sombría. Almund, Evergreen, soy de Arbol, puedo darte el poder de conocer todas las cosas. Todo lo que tienes que hacer es cantar esta canción conmigo.

Almund señaló a Kudzu y gritó,

—¡ESTA ES LA ENREDADERA! ¡EVER-GREEN! ¡DEBEMOS OBEDECER EL DECRETO DE PADRE!

—ALMUND, ¿ESTO ES REALMENTE LA ENREDADERA? —preguntó Evergreen.

Kudzu molesto, y frustrado comenzó a cantar:

—¡¿QUÉ?! ¿QUÉ ES ESE DECRETO? ¡¿Les ha hablado de mí?! ¿Qué instrucciones recibieron; me mencionó? Díganme, por favor díganme, ¿por qué este decreto los hace tropezar, gritar y chillar?

Evergreen miró a Almund y dijo,

—¡El decreto de Padre para Almund y para mí, es que no debemos cantar las palabras de la enredadera desconocida! Porque si estamos de acuerdo, y cantamos con la enredadera, en ese momento seremos separados de Arbol y seguramente moriremos!

Kudzu sorprendido por las palabras del decreto del Rey Sequoia, trató de parecer tranquilo y comenzó a cantar:

—¡Oh, no morirán! ¡Tú, Evergreen, y todas los muchos hyquoias llegarán a ser grandes como el Rey Sequoia, Coast y Don! Si cantan mis palabras, les prometo que no habrá defunción, lo único que les sucederá es que se volverán muy, muy sabios.

Evergreen reflexionó sobre sus palabras y dijo,

—Almund, he tarareado y bailado la melodía de Kudzu antes de que llegaras, y no ha pasado nada. Tal vez Padre, Coast y Don no quieren que seamos tan grandes, o más que ellos en la colonia de Aarde!

Kudzu escuchó y pensó,

—¿Por qué el rey Sequoia les daría tanta libertad para razonar y decidir? Esta es mi oportunidad de arremeter contra su insensato orgullo —entonces, inmediatamente comenzó a cantar:

—¡YO SOY TODO LO QUE NECESITO! ¡SOY TODO LO QUE NECESITO! ¡AHORA QUE CANTO, SOY TAN SABIO Y PODEROSO COMO EL REY SEQUOIA Y LA PODEROSA TRINIDAD!

Hipnotizados por el ritmo de la melodía de Kudzu, Almund y Evergreen repitieron tras él y cantaron

—¡SOY TODO LO QUE NECESITO! ¡SOY TODO LO QUE NECESITO! ¡AHORA QUE CANTO, SOY TAN SABIO Y PODEROSO

COMO EL REY SEQUOIA Y LA PODEROSA TRINIDAD!

Antes de que pudieran repetir la letra, de repente las montañas temblaron, el suelo vomitó enormes parásitos. Los poderosas hyquoia de Aarde se debilitaron y se volvieron frágiles. ¡Las nubes eclipsaron el sol, y la luz se volvió tenue y oscura! ¡Se hizo el silencio!

—¡OH NO! —gritó Evergreen—, ¿qué nos ha pasado? Tus raíces se están secando, tu corteza se está cayendo!

—¡Las tuyas también! —gritó Almund—, ¡Nuestras hojas se están volviendo marrones! ¡Nuestras ramas se están marchitando! ¡Miren todos! ¡Los frutos de los hyquoia se están pudriendo y todos se retuercen de dolor! Evergreen, ¿por qué están saliendo estas termitas gigantescas del suelo?

—¡No lo sé Almund! —dijo Evergreen—, ¡Mira el agua! Se está convirtiendo en un espeso lodo marrón.

Ambos entraron en pánico al ver la rápida destrucción de Aarde por su desobediencia al decreto del Rey Sequoia.

—¡Almund, tengo miedo! ¡Nunca me he sentido así antes! —Evergreen envolvió sus ramas marchitas alrededor de él y lloró histéricamente.

—¡Yo también tengo miedo, Evergreen! ¡Vámonos! ¡Debemos escondernos! Padre llegará pronto—, dijo Almund. Señaló al suelo y dijo—: ¡Feo Kudzu, enredadera engañosa! ¡Mira lo que has hecho! Espero que Padre te destruya a ti y a todas las criaturas de tu especie.

¡Kudzu se rio en sus caras! ¡Luego, a toda prisa, regresó a la cueva para contarle a las otras enredaderas sobre su victoria!

Todas los hyquoias buscaron a Almund y Evergreen para saber qué les había pasado a ellos y a su colonia. Se llenaron de ira cuando los encontraron escondidos y asustados, gritaron,

—¡MÍRENNOS! ¡MIREN NUESTRO HOGAR! ¿QUÉ HAN HECHO? ¿Dónde están Padre, Coast y Don? ¡Normalmente ya están aquí! ¿Por qué no han venido? ¿Por qué no nos han ayudado?

Almund y Evergreen estaban rodeados de frágiles, enfermizos y enfadados hyquoias. Ambos estaban avergonzados y sin palabras.

Mientras tanto, Kudzu contó a todas las enredaderas lo ocurrido en el jardín de flores con Almund y Evergreen.

—¡Los engañé! —dijo con orgullo—. Conseguí que desobedecieran el único decreto del REY SEQUOIA, y al hacerlo, mis queridos amigos, ¡me transfirieron su poder, autoridad y dominio en Aarde! Y como ustedes me apoyaron, mis compañeras enredaderas en la batalla de Arbol, y compartimos el mismo destino de perdición, ¡he decidido compartir mi poder en esta hermosa colonia Aarde con ustedes! —declaró Kudzu.

Las enredaderas aplaudieron con gritos de alegría. Proclamaron a Kudzu como su líder soberano.

Kudzu las silenció y ordenó,

—¡Ahora vayan! ¡Asfixien la luz de todas las plantas, flores y árboles de los hyquoia de Aarde! Los pájaros tendrán hambre y no tendrán frutos, los parásitos que surjan del suelo devorarán sus nutrientes y se alimentarán de los hyquoia. ¡Utilicen la baba de sus enredaderas para contaminar las aguas! ¡Esto es solo el comienzo, mis queridas enredaderas! Ya que de todos modos vamos a ser destruidos en el fuego eterno, ¡no sufriremos solos! ¡Haremos nuestro propósito de llevar a los clones reales del Rey Sequoia, sus preciosas hyquoias a la condenación con nosotros!

Kudzu continuó:

—¡Compañeras enredaderas, nuestra misión en esta colonia real de Aarde es robar, matar y destruir toda forma de vida! Debemos oprimir a los hyquoias y hacerlas obedientes a nuestras órdenes. ¡Debemos invadir sus pensamientos, y hacerles olvidar quienes son, y su preciosa Trinidad Real! ¡Ahora tengo el poder que el Rey Sequoia les dio para gobernar Aarde! Ellos me obedecerán y continuarán traicionando al Rey que los hizo reyes y reinas. ¡Están sujetos a mí! Yo soy su gobernante. Todo lo que tenemos que hacer es cantarles nuestras órdenes. Solo así podrán escucharnos.

Gritó Elm,

—¡Esta es la última venganza contra el Rey Sequoia! —todas las enredaderas comenzaron a cantar y a celebrar su victoria.

Las enredaderas se hicieron fuertes y se extendieron por toda la colonia. Asfixiaron, sofocaron y ahogaron los árboles y las flores de Aarde. Sus hojas crecieron y bloquearon la luz del sol de las plantas y arbustos. Las termitas gigantes masticaban las ramas y las cortezas de los hyquoia. Sonidos de dolor y gritos de agonía resonaron por toda Aarde.

El rey Sequoia apareció en el monte Victoria, donde Almund y Evergreen se escondían en una oscura cueva. Estaba solo, Don y Coast no estaban con él.

—Almund, ¿dónde estás? ¡SAL DE LA OSCURIDAD! —convocó el Rey Sequoia.

Almund y Evergreen estaban frágiles, con parches de corteza que faltaban en sus ramas. Las termitas se arrastraban por todas ellas. Ambos agarraron las ramas, salieron de la cueva, se inclinaron ante el Rey Sequoia y respondieron con voz suave

—Estamos aquí, Padre.

El Rey Sequoia luchó contra las lágrimas al ver a Almund y Evergreen. Respiró profundamente y dijo con una voz tan fuerte como el sonido de un trueno

—¡DESOBEDECIERON MI ÚNICO DECRETO!

De repente, en un relámpago, ¡desapareció ante ellos! Una niebla blanca llenó la cueva del monte Victoria. Almund y Evergreen cayeron al suelo y lloraron incontroladamente.

—¡KUDZU! —gritó el Rey Sequoia mientras se encontraba en la entrada de la cueva de Kudzu. Su voz era tan profunda que hizo temblar las paredes de la cueva.

Asustado, Kudzu escuchó la voz del Rey Sequoia, jadeó y no pudo moverse ni hablar. Su ejército de enredaderas se quedó petrificado. Se acobardaron y se escondieron.

El Rey Sequoia continuó,

—¡Has engañado a mis hijos y los has separado de mí! ¡No solo arderás para siempre en el día del juicio, sino que tus planes de gobernar Aarde, con la destrucción de mis hijos, fracasarán por completo!

¡Yo redimiré a todos los hyquoias como herederos de mi reino en Arbol, y el poder, el dominio, que originalmente les di será restaurado! ¡Tú les robaste la autoridad que les di a ELLOS! Kudzu, tus días están contados y se acercan RÁPIDAMENTE —de nuevo, en un relámpago, el Rey Sequoia desapareció.

Las enredaderas de la cueva comenzaron a lamentarse y a gritar,

—¡VAMOS A MORIR!

Otra enredadera gritó,

—¡NUESTRO DESTINO ESTÁ SELLADO!

Kudzu desconcertado y sacudido por las palabras del Rey Sequoia se detuvo y con gran rabia ordenó a las enredaderas,

—¡VAYAN A DESTRUIRLOS A TODOS! ¡APLASTEN TODAS LAS SEMILLAS Y LOS HYQUOIA EN AARDE!

El rey Sequoia regresó al trono de Arbol con el corazón abrumado por el sufrimiento de sus hijos reales. El sello de la RAMA DE OLIVO en su tronco iluminó una gran luz tan brillante que se podía ver desde la colonia de Aarde.

Ordenó a los guardianes de los fuertes que abrieran los tesoros del viento, la lluvia y el trueno sobre la colonia. Inmediatamente, apareció una gran nube y la lluvia cayó sobre la tierra. Coast y Don estaban cerca del monte Victoria en Aarde esperando la señal de una poderosa y estruendosa tormenta para ejecutar el plan real del Rey Sequoia.

Los sellos de la RAMA DE OLIVO de sus troncos brillaron al unísono con el Rey Sequoia. Mientras sus sellos brillaban, dio la orden a Coast y Don y dijo,

—¡ES LA HORA! —continuó y preguntó—: Coast ¿estás listo?

—¡Sí, Padre! —respondió Coast.

El Rey Sequoia los miró desde su trono y dijo,

—Don, estarás con Coast para apoyarlo. Serás invisible para los hyquoias.

Don se inclinó reverentemente y respondió,

—¡Sí, mi Rey!

Entonces el Rey Sequoia ordenó,

—Coast, hijo mío, asegúrate de hacer en Aarde, todo lo que oyes y ves que hago en el reino de Arbol.

Coast respondió suavemente,

—Sí Padre, me someteré a tus caminos. Obedeceré.

***

Durante la tormenta, Coast y Don se movieron por toda la colonia. Tenían planes para enseñar su mensaje por toda la tierra.

—¡El Reino de Arbol está AQUÍ! ¡Ustedes son hijos del Poderoso Rey Sequoia! ¡El Reino de Arbol está AQUÍ! —declaró Coast.

¡Mientras las enredaderas del ejército de Kudzu se envolvían alrededor de los hyquoias, escucharon la voz de Coast y se llenaron de miedo!

—¿Por qué estás aquí Coast? ¡Los hyquoias están ahora bajo nuestro control! No es nuestro momento de ser destruidos —dijeron las enredaderas.

Coast se giró y miró con severidad a la enredadera que cuestionaba su presencia y dijo

—¡SILENCIO! LIBERA A ESE HYQUOIA REAL DE UNA VEZ.

¡La enredadera se soltó de repente, cayó al suelo y se convirtió en cenizas! El árbol de hyquoia exhaló y le dijo a Coast con un suspiro de alivio,

—¡GRACIAS! —pero en su interior pensó—: ¿por qué me ha llamado "REAL"?

¡Los demás hyquoias que observaban cerca se maravillaron de la autoridad, la belleza y el poder de Coast! Susurraban entre ellas,

—¿No puede ser de aquí? ¡Míralo! ¡Es precioso! ¡Tan fuerte y poderoso! ¡Incluso tiene nuestro sello de la RAMA DE OLIVO en su tronco! ¿Quién es? ¿De dónde viene? Dijo algo sobre un reino. ¿Viste cómo esa enredadera cayó al suelo cuando le habló?

Los planes de Kudzu consistían en hacer que los hyquoias se olvidaran de su Padre, el rey Sequoia, y de la Trinidad, haciendo que confiaran en sí mismos para sobrevivir a la opresión.

***

A medida que pasaba el tiempo, Almund, Evergreen y todas los hyquoias perdieron la conexión con el reino de Arbol. Ya no podían ver al Rey Sequoia, y empezaron a dudar de si la Trinidad, o el reino de Arbol, habían existido alguna vez. Las enredaderas tuvieron éxito en hacer que los hyquoias olvidaran su familia real, su origen y su poder.

El ejército de Kudzu cantaba canciones sobre la autoimportancia, para que se sintieran independientes y confiaran en su propia fuerza para sobrevivir. Los hyquoias se enorgullecían de sus propios conocimientos, creían en su capacidad para resolver sus propios problemas y se volvían muy autosuficientes. Las enredaderas cantaban melodiosamente en sus mentes,

—¡Yo soy todo lo que necesito! ¡Yo soy todo lo que necesito!

***

Todos los hyquoias empezaron a sospechar de los motivos de los demás. Acaparaban el suelo, luchaban por el territorio que captaba cualquier atisbo de luz del sol y mantenían guerras por poseer los ríos menos contaminados.

Los hyquoias se encontraban en un estado quebradizo, debilitados por los cantos de odio, división, egoísmo, orgullo y avaricia, que escuchaban de las enredaderas. Algunas de los hyquoias más saludables sobornaban a los pájaros con sus frutos arrugados, para que transportaran más termitas a las familias que no cooperaban con sus peticiones. Había mucha intimidación y exigencia de respeto. Los hyquoias más poderosos utilizaban las ideas malignas que les cantaban las enredaderas, para acumular luz, tierra y agua de los demás ciudadanos de Aarde. Se convirtió en el mundo de la supervivencia del más fuerte. Había un abismo entre los pobres y los ricos. La opresión era devastadora. El ejército de Kudzu y su malvado plan consistía en hacer que todos los hyquoias confiaran en sí mismos y se autodestruyeran.

A diferencia de las enredaderas, Coast no tenía que cantar para ser escuchado por los hyquoias. Podían comunicarse como en el pasado en Aarde, antes del acto desobediente de Almund y Evergreen. Su tarea era ayudarles a recordar a su Padre, su conexión con el reino de Arbol, y a conocer su valor como hijos del Rey Sequoia.

Don era invisible para los hyquoias. Ayudó a Coast a viajar por Aarde para enseñarles el reino de Arbol. Les dijo a los hyquoias que él era el Hijo del Rey Sequoia, que ellos también eran sus hijos, y que estaban incluidos en la familia de la Trinidad.

***

El mensaje de COAST en toda Aarde:

—¡Tienes acceso a nuestro reino si crees en quien SOY y en mis Palabras! A través de mí puedes tener acceso al reino de Arbol porque tú también eres la descendencia real del Rey Sequoia. Él te creó a su imagen y semejanza. ¡Es por esto que tienen nuestro sello de la RAMA DE OLIVO de la Trinidad! ¡Están diseñados con un

propósito, y cada uno de ustedes tiene algo especial que ofrecer para hacer de Aarde una gran colonia del reino de Arbol!

El Padre te creó para gobernar, gobernar y tener dominio sobre la colonia, de la misma manera que ÉL gobierna con poder y autoridad en Arbol. Ustedes tienen Su corazón, Sus normas, Su carácter, valores, principios, y moral con en ustedes. Aarde, era una hermosa colonia antes de la desobediencia de Almund y Evergreen al único decreto del Padre Rey Sequoia. Fueron engañados por una enredadera malvada llamada Kudzu. Les robó su poder y su dominio a todos ustedes, poderosos hyquoias. Estoy aquí para restaurar su identidad y autoridad en Aarde, ¡por favor CREAN en MI y en mis Palabras!

¡No son inútiles, enfermos, pobres y derrotados como Kudzu quiere hacerles creer! ¡Crean en mí, en mis Palabras y vive! He sido enviado por mi Padre el Rey Sequoia para salvarlos. La Sabiduría y el Conocimiento del Rey estarán con

Muchos hyquoias escucharon sus palabras y creyeron. Algunos cuestionaron su mensaje, pero quedaron intrigados por su capacidad de realizar tantos milagros en la colonia de Aarde. Coast sanó su suelo, su agua, los limpió de las termitas y los liberó de las enredaderas asfixiantes del régimen de Kudzu. ¡Viajó por la colonia enseñando su único mensaje! Su popularidad creció y realizó grandes maravillas entre los hyquoias. Muchos se maravillaron con su mensaje, su autoridad y su poder. Sin embargo, los malvados hyquoias, que oprimían a los demás con su codicia, veían a Coast como una amenaza para su prominente estilo de vida y su economía. Cada vez que Coast y Don se quedaban solos, su sello de la RAMA DE OLIVO brillaba al unísono con el Rey Sequoia, que estaba muy satisfecho con su cometido.

En la cueva, Kudzu preguntó a su ejército de enredaderas,

—¿Creen todos los hyquoia en Coast y sus enseñanzas?

Elm respondió,

—¡Cada vez son más los que creen, y los que sí creen ya no obedecen las sugerencias que les cantamos! ¡Están cuestionando y decidiendo si una acción es buena o mala! Ya no se someten ciegamente a las ideas de nuestras canciones!

—¿Cuál es el papel de Don? Sé que está aquí. ¿Qué está haciendo? —preguntó Kudzu.

Oak respondió,

—Bueno, ninguno de nosotros puede verlo, es invisible. Parece que está guiando a Coast y fortaleciéndolo en su viaje en Aarde.

—¿Cómo lo sabes? —preguntó Kudzu.

—¡Bueno, escuchamos a Coast hablando con Don en privado en el monte Victoria! Aunque no pudimos oír el diálogo entre ellos, mientras hablaba con Don, vimos que su RAMA DE OLIVO brillaba con una luz intensa —dijo Oak.

El frustrado Kudzu se volvió para mirar a su atribulado ejército de enredaderas y dijo

—¡Coast y Don no disminuirán nuestro poder en Aarde! ¡Ahora están en MI territorio!

¡Reúne a nuestras más despiadadas, violentas y taimadas hyquoias! ¡Díganles a través de canciones que ataquen a todos los creyentes de Coast!

¡SI! Creo que esto reducirá el número de los que creen en sus enseñanzas. Además, dile al grupo de malvados árboles hyquoia que ideen un plan para matar a Coast.

¡Enredaderas! ¡Deben trabajar en sus letras para oponerse a los mensajes de Coast! ¡Llenen las mentes de los hyquoia con dudas e incredulidad! ¡VAYAN! ¡SALGAN! ¡VÁYANSE AHORA!

¡Mientras las enredaderas se dispersaban, Oak y Elm tenían su propia opinión sobre el plan de Kudzu!

—¡Seh, seh! ¡Váyanse ya! —dijo Oak, mientras se burlaba de la voz de mando de Kudzu.

Elm se rio y dijo,

—Sí, ¡él cree que es muy fácil! ¡No sabe lo difícil que es hacer que los hyquoias malvados atrapen a Coast! No entiende que Don lo protege... ¡aunque no podamos verlo!

—¿Sabes Elm? —dijo Oak—, ¡no sé si podremos detener esta toma de posesión! Esos hyquoias miran a Coast, sus milagros, su poder, sus palabras, su brillo, ¡y creen en él! ¡Creen que es el Hijo del Rey Sequoia del reino de Arbol!

¿Y lo que es peor? ¡Es que ellos creen que también son hijos del Rey Sequoia! ¿Como una especie de extraña reunión familiar o algo así? Almund, Evergreen, ¡todos los hyquoias están empezando a saber quiénes son! ¡Es difícil! No podemos controlarlos como antes, ¡ya no obedecen nuestras canciones! ¡Son seguidores de Coast!

Elm replicó,

—¡Si Kudzu quiere destruir Coast, va a tener que salir y luchar con el resto de nosotros! No puede seguir escondido en esta cueva dándonos órdenes.

Oak y Elm hicieron una pausa, se miraron y gritaron,

—¡VAYAN YA! —luego se rieron histéricamente y siguieron su camino.

Kudzu solo escuchó el final de su conversación y decidió,

—¡Me uniré a esta lucha! Yo mismo me encargaré de Coast y Don.

Mientras tanto, el discipulado aumentó en la tierra. Los hyquoias reales que creían en Coast pudieron recibir la luz del sol, porque la oscuridad de las enredaderas ya no podía ensombrecerlos. Los cantos de Kudzu y su ejército no tenían poder sobre ellos porque Coast les dio la capacidad de discernir sus acciones y reconocer el bien y el mal. También les enseñó a orar y a mantenerse conectados con el Padre. ¡Aquellos que eligieron creer en Coast y su mensaje caminaron en el gobierno, el dominio y la autoridad que les dio su Padre el Rey Sequoia en la colonia de Aarde!

En la cueva, todas las enredaderas y los malvados árboles hyquoia asistieron a la reunión acordada para informar de sus observaciones a Kudzu.

Los árboles hyquoia malignos dijeron,

—¡Los creyentes ya no nos tienen miedo! No podemos intimidarlos; ¡se están defendiendo! Ahora son más fuertes que nosotros.

Las enredaderas se miraron entre sí y asintieron con la cabeza. Entonces una de las enredaderas dijo,

—¡NO HAY ningún hyquoia que sea leal a Coast que escuche nuestras canciones! Nos mandan a callar y empiezan a cantar alabanzas al

Rey Sequoia y a Coast. Somos impotentes contra ellos; ¡tenemos que obedecer!

Entonces, uno de los malvados árboles de hyquoia señaló a Kudzu y gritó,

—¡NOS HAS MENTIDO! NO TENEMOS PODER.

¡Kudzu se sorprendió consternado por su acusación! Oak lo miró y dijo,

—¡Tenemos un verdadero problema mientras COAST esté VIVO! —continuó—, Kudzu ¡¿crees que el Rey Sequoia va a dejar que nos salgamos con la nuestra matando a COAST? Nos has preparado para la DESTRUCCIÓN TOTAL. Nuestro tiempo aquí en Aarde ha terminado.

Los malvados árboles hyquoia escucharon las palabras de Oak y no entendieron su miedo y preocupación. Eran ajenos al día señalado de juicio que esperaba a Kudzu y su ejército de enredaderas por su alta traición en el reino de Arbol. Susurraban entre ellos,

—¡¿Quién es el Rey Sequoia?! ¿Nos destruirá a nosotros también?

Enfurecido, Kudzu los miró y gritó,

—¡VAYAN Y ATAQUEN A COAST!

Muchas hyquoias, incluyendo a Almund y Evergreen disfrutaron escuchando los mensajes de Coast cerca del Monte Victoria. Todos eran creyentes de sus enseñanzas y sentían una conexión con él, aunque no recordaban a la Trinidad después de la caída.

Mientras Coast daba sus enseñanzas, una banda de árboles hyquoia emboscó a la multitud cantando

—¡Yo soy todo lo que necesito! ¡Yo soy todo lo que necesito! Maten a Coast, el hijo del rey Sequoia, y Aarde será un paraíso para mí. Sin termitas, suelo limpio, agua clara y luz; ¡debo matar a Coast ahora para entrar a mi paraíso!

De repente, el suelo tembló y retumbó cuando los malvados hyquoias cargaron a través de la multitud para capturar a Coast. Una gran lucha estalló entre los seguidores de Coast y los malvados árboles hyquoia.

Cuando Don los vio venir, condujo rápidamente a Coast a una cueva y sus sellos de la RAMA DE OLIVO comenzaron a brillar. El Rey Sequoia les habló y dijo,

—¡DON regresa a mi ahora en Arbol! ¡COAST, Hijo mío todo lo que te prometí es tuyo por devolverme a mis hijos! No tengas miedo Coast, pronto te unirás a mí en Arbol. Ha llegado el momento de completar nuestro plan.

Don abrazó a Coast con todas sus fuerzas y regresó al reino de Arbol. A su partida, el sello de la RAMA DE OLIVO de Coast se atenuó, y dejó de brillar.

Entonces, salió de la cueva, se paró al lado del río, y observó la violencia entre los hyquoias. Las vio caer al suelo rotas y desarraigadas. Sus ramas crujían con fuerza, al ser arrancadas unas de otras en la batalla. Los troncos estaban magullados en la pelea, la corteza estaba despojada, dejando manchas de resina roja en el suelo.

Coast vio a Kudzu cerca supervisando la batalla y dijo,

—¡Kudzu crees que has ganado, pero la culminación del plan de mi Padre ha comenzado! —entonces miró hacia arriba y dijo—: ¡Padre, obedeceré! No tendré miedo.

Kudzu escuchó las palabras de Coast y cantó en voz alta:

—¡Presionen a la multitud! ¡DESTRUYAN A COAST AHORA! ¡DESTRÚYANLO AHORA!

Coast escuchó el canto de la malvada orden y no corrió ni se escondió. Se mantuvo fuerte y valiente mientras los malvados árboles hyquoia se precipitaban hacia él. Lo agarraron por las ramas y lo tiraron al suelo. Lo golpearon con piedras y rocas de todos los tamaños. Los malvados árboles hyquoia le arrancaron la corteza del tronco y las ramas.

Coast gritó en voz alta de dolor,

—¡Padre! ¡Padre!

¡El Rey Sequoia escuchó su grito! Agarró con fuerza las ramas de Don, lloró con gran angustia y dijo,

—¡MI HIJO! ¡MI HIJO!

Las afiladas piedras hirieron a Coast con cortes en todo su cuerpo. La resina roja fluía como sangre en el suelo y el río mientras seguían golpeándolo. Entonces un malvado árbol hyquoia levantó una gran roca en el aire, y con un rápido golpe, ¡la estrelló en el tronco de Coast en el sello de la RAMA DE OLIVO! Coast gritó, exhaló su último aliento y murió.

¡La lucha entre los creyentes de Coast, y los malvados árboles hyquoia cesó! Los seguidores de Coast se derrumbaron de dolor por su muerte. Estaban aturdidos, y se sentían impotentes, a la vista de su cadáver.

—¡COAST! ¡COAST! —gritó el rey Sequoia desde su trono en Arbol. Cuanto más lloraba el rey Sequoia, su ira se hacía más fuerte, ¡y más fuerte!

—¡LIBEREN LOS TESOROS DE RAYOS, TRUENOS, TEMBLORES Y GRANIZO! —¡el Rey Sequoia ordenó a los Grandes Guardianes!

El cuerpo de Coast yacía en el suelo y sus seguidores estaban abrumados por el dolor. Kudzu observó con orgullo, mientras las enredaderas cantaban canciones de victoria. Cuando los malvados árboles de hyquoias comenzaron a vitorear su prometido paraíso, un gran trueno estalló en la atmósfera, ¡el suelo tembló violentamente y comenzó a abrirse!

Una gran tormenta surgió sobre la colonia de Aarde, ¡como nunca se había visto! El miedo se apoderó de todos y corrieron frenéticamente en busca de refugio.

Elm y Oak miraron a Kudzu y gritaron,

—¡El Rey Sequoia va a destruirnos! ¡Hemos matado a Coast!

—¡ENREDADERAS! ¡RETÍRENSE AHORA! ¡Retírense ahora a la cueva! —gritó Kudzu

¡Los rayos cayeron sobre la mayoría de los malvados árboles de hyquoia que atacaron y asesinaron a Coast! Les prendieron fuego y los redujeron a cenizas.

Mientras los seguidores de Coast corrían para refugiarse de la tormenta, sus heridas de la batalla con los malvados árboles hyquoia se curaron. La lluvia también arrastró la resina roja del cuerpo de Coast al suelo y al río. De repente, las aguas que estaban marrones por el lodo, volvieron a ser cristalinas, y todos los bichos y termitas del suelo fueron destruidos.

Los creyentes dejaron de correr, levantaron la mirada hacia los ríos, y el suelo, cerca del cuerpo de Coast y se quedaron asombrados. Se dieron la vuelta, se rodearon de su cuerpo sin vida, cerraron los ojos y comenzaron a cantar,

—¡Nuestra vida está en Coast! ¡Hijo del Rey Sequoia! ¡Nos creemos herederos de ARBOL, e hijos reales del REY! ¡Estamos diseñados para ser poderosos! Estamos llenos de propósito y destino!

Mientras los dolientes cantaban su canción alrededor de Coast, su sello de la RAMA DE OLIVO comenzó a brillar por primera vez. Estaban asombrados por la belleza, y el brillo de la luz que iluminaba desde sus troncos. El suelo comenzó a temblar y en un instante Don apareció ante ellos.

¡Todos se asustaron al ver a Don! Era enorme y sobresalía por encima de los hyquoias en altura y fuerza.

Les dijo,

—¡No tengan miedo!

También se fijaron en el sello brillante de la RAMA DE OLIVO de Don y lo miraron con reverencia, ¡y admiración! Sin previo aviso, un fuerte torbellino sopló alrededor de Coast y una voz atronadora fue escuchada por todos los que estaban a su alrededor.

El Rey Sequoia dijo,

—*¡COAST, has sido obediente a mi PLAN, has enseñado a mis hijos QUIEN SOY, y MI Reino Arbol! ¡Tú has sacrificado tu vida por ellos y por MÍ! ¡Ahora a través de su fe en TI, Mi Hijo Amado, ellos tendrán acceso directo a MÍ!*

¡LEVÁNTATE AHORA! ¡Tú has derrotado a la muerte! ¡Mis hijos que creen en ti conocerán la VERDAD y serán míos para siempre! ¡Mi corazón se regocija Hijo mío! A través de tu obediencia, los herederos legítimos de Arbol, y los gobernantes de MI colonia Aarde, -han sido RESTAURADOS!

Grandes gotas de lluvia cayeron del cielo, y la gran luz del Rey Sequoia brilló con fuerza.

¡Las voces de los ciudadanos en el reino Arbol cantaron "¡ALELUYA!" con fuertes gritos de adoración, y celebración! El sello de la RAMA DE OLIVO de Coast recuperó su luz. De repente, sus ramas se fortalecieron y se expandieron a su alrededor. Sus heridas se curaron al instante, y se levantó con una fuerza poderosa ante Don y sus leales hyquoia.

—¡ESTÁ VIVO! —gritaron todos con alegría! —¡COAST ESTÁ VIVO!

¡Don y Coast se miraron, sonrieron y se abrazaron! Coast, entonces se volvió hacia la multitud y dijo,

—¡Gracias Padre! ¡Todos tus caminos son perfectos! ¡Me siento honrado de haber cumplido tu PLAN y recibir todo lo que me has dado en el Reino Arbol y aquí en Aarde!

Hyquoias reales, les presento a DON, que es de la Trinidad en el reino de Arbol. ¡El será su ayudante! Él me ha ayudado a cumplir la voluntad de mi Padre en Aarde. ¡Don es de mi Padre el Rey Sequoia, y es de mí! Él permanecerá con ustedes aquí; sin embargo, no será visible para todos. Lo conocerán porque creen en MÍ.

Todos los que escuchen, crean y hagan las palabras de mis enseñanzas conocerán a Don. El habitará con ustedes, los ayudará, los confortará y los guiará en el camino de la VERDAD. Don traerá todas mis palabras, sabiduría y conocimiento a su memoria. Él les mostrará cómo gobernarse a sí mismos como hijos reales de nuestro Gran y Poderoso Padre, el Rey Sequoia. ¡Ustedes vivirán, tendrán dominio y poder en la colonia de Aarde a través de su fe en MÍ, y como hijos del Rey Sequoia! Escuchen a Don, apóyense y dependan de Él. Él les mostrará todas las cosas que hablé sobre ustedes y el REY SEQUOIA!

COAST miró al cielo y dijo,

—¡Padre, MI REY, has confiado en mí, y el mal ya no tiene autoridad! ¡Por tu amor infalible, y tu misericordia, tus hijos Reales que creen en mí han sido restaurados! Recíbeme Padre, de vuelta al trono, Don mantendrá a todos los que me aman, y tendrán acceso a nosotros de nuevo para siempre.

Don miró a Coast, mientras los hyquoias se regocijaban, con cantos, y bailes. Después de un largo abrazo, Coast comenzó a ascender al reino de Arbol. Mientras se elevaba en el cielo, cantó su despedida para que todos la oyeran,

—¡Debo irme ahora, pero volveré! ¡Crean en Mí, obedezcan a Don, y su autoridad y dominio serán seguros! ¡Ustedes son los legítimos gobernantes de Aarde, y herederos conjuntos conmigo en el reino de Arbol! El Poderoso Rey Sequoia es nuestro Padre, ¡así que deben ser fuertes, valientes y audaces!

¡Kudzu, su ejército de enredaderas, y los hyquoia malvados, vieron un resplandor de luz brillante desde el interior de su cueva! Salieron y vieron la ascensión de COAST y escucharon la voz de DON animando y cantando canciones de alabanza con los demás hyquoias. El sello de la RAMA DE OLIVO de los creyentes brilló como uno solo. Cantaron en voz alta,

—¡COAST ESTÁ VIVO! ¡NO ESTÁ MUERTO! ¡NUESTRA FE EN ÉL NUNCA TERMINARÁ!

—¡NO! ¡¿COAST ESTÁ VIVO?! ¡NO PUEDE SER! ¡¿¡Cómo!? —gritó Kudzu. Señaló al grupo restante de malvados árboles hyquoia y gritó—: ¡He visto cuando lo han matado!

El miedo y el terror se apoderaron de Kudzu y su ejército. Los malvados árboles hyquoia estaban desconcertados y en estado de parálisis.

Kudzu pronto se dio cuenta de que el rey Sequoia había sido más listo que él. ¡Supo que ya no era un gobernante en la colonia de Aarde!

Aquellos que creyeron en Coast y en su mensaje fueron restaurados con autoridad, dominio, poder y permanecieron en constante comunión con la Trinidad. La impotencia cayó sobre el semblante de Kudzu. Todo el ejército de enredaderas permaneció en silencio, pues sabían que el día de su juicio eterno se acercaba.

En el reino de Arbol, COAST llegó y se presentó ante el rey Sequoia, los guardianes de la fortaleza y todos los ciudadanos.

—¡HIJO! —dijo el Rey Sequoia—, ¡Ven a sentarte a mi Mano Derecha en tu trono! ¡Todo lo que es mío, TODO lo que he creado, es ahora TUYO! ¡GRACIAS por tu OBEDIENCIA!

COAST se inclinó ante el REY SEQUOIA y dijo,

—¡PADRE, GRACIAS! ¡Que TODOS los hyquoias reales de la colonia de Aarde, y todos los ciudadanos del Reino de ARBOL, sepan que AMO al PADRE y que el PADRE ama al HIJO!

¡COAST se sentó en SU TRONO en toda SU GLORIA, BELLEZA y SABIDURÍA! Todos en el Reino de Arbol dejaron salir un gran grito de celebración. ¡Coast los miró a todos y sonrió con gran deleite de estar en casa una vez más!

La nueva residencia de Don estaba en Aarde con aquellos que creían en Coast. El Rey quería que él protegiera, aconsejara, enseñara, reconfortara y guiara a los hyquoias reales hacia su propósito y diseño originales. A Don se le encomendó la tarea de ayudar a los creyentes a cumplir la voluntad del Rey Sequoia en Aarde y ampliar su familia real. El Rey Sequoia quería devolver a todos sus hijos al lugar que les corresponde.

Un silencio espantoso resonó en toda la oscura cueva de Aarde, mientras las enredaderas sin esperanza miraban a Kudzu. Este miró a su alrededor, se aclaró la garganta y dijo,

—¡Con DON aquí, no podemos impedir que el mensaje de COAST se extienda por Aarde! Sin embargo, ¡podemos seguir influyendo en sus pensamientos con la duda y la incredulidad! ¡ORGANÍCENSE! ¡ORGANÍCENSE! —Kudzu gritó—: ¡Debemos tener orden! ¡TENDREMOS ESTRATEGIA!

Las enredaderas vitorearon y honraron a Kudzu con un rugido de unidad y fuerza. Su esperanza de venganza estaba siendo restaurada. Kudzu se levantó orgulloso y dijo,

—¡Miren a los malvados hyquoias que están con nosotros ahora! ¡Esta es la prueba de que no todos los árboles hyquoia creen en las enseñanzas de COAST! Mi querido ejército de enredaderas, ¡escúchenme! ¡Los hyquoias no pueden mandarnos ni tener dominio sobre nosotros si no CREEN en los cuentos de Coast, Don y el Rey Sequoia! ¡PRESIONEN! ¡Canten canciones que les hagan ser autosuficientes y orgullosos! ¡Canten canciones que les hagan temer y dudar! ¡Agiten la ansiedad, los celos y el egoísmo! ¡OH SI! ¡Todavía estamos en el juego! ¡Esta batalla entre nosotros, y la Trinidad no ha terminado todavía!

Las enredaderas y los malvados árboles hyquoia comenzaron a cantar alabanzas a Kudzu. Este hizo un gesto para que le prestaran atención y los hizo callar para concluir su discurso en la cueva. Kudzu reiteró su plan final de venganza contra el rey Sequoia, Coast, Don y los hyquoia de Aarde,

—¡Las enredaderas llenan Aarde con canciones de mentiras! ¡No pueden saber quiénes son! Que nunca crean que el Rey Sequoia es su Padre, que COAST los ha restituido como herederos conjuntos del Reino de Arbol, y que son los legítimos gobernantes de Aarde. Si todas los hyquoia creen en su mensaje, gobernarán sobre nosotros, ¡y nunca más podremos influir en ellas! Si no creen en COAST, nuestro poder y dominio en Aarde se mantendrá, ¡hasta el juicio final del Rey Sequoia! No podemos oprimir a todas los hyquoias, ¡pero aún podemos conquistar a algunos!

Scriptural References

Génesis 1:26-28 (RVR)
La Nueva Familia De Dios Y Su Plan Original

26 Entonces dijo Dios: Hagamos al hombre a nuestra imagen, conforme a nuestra semejanza; y señoree en los peces del mar, en las aves de los cielos, en las bestias, en toda la tierra, y en todo animal que se arrastra sobre la tierra.

27 Y creó Dios al hombre a su imagen, a imagen de Dios lo creó; varón y hembra los creó.

28 Y los bendijo Dios, y les dijo: Fructificad y multiplicaos; llenad la tierra, y sojuzgadla, y señoread en los peces del mar, en las aves de los cielos, y en todas las bestias que se mueven sobre la tierra.

Jesus Ora Por Los Creyentes

21 para que todos sean uno; como tú, oh Padre, en mí, y yo en ti, que también ellos sean uno en nosotros; para que el mundo crea que tú me enviaste.

22 La gloria que me diste, yo les he dado, para que sean uno, así como nosotros somos uno.

23 Yo en ellos, y tú en mí, para que sean perfectos en unidad, para que el mundo conozca que tú me enviaste, y que los has amado a ellos como también a mí me has amado.

Romanos 8:14-17 (RVR)
Adopción Y Herederos

14 Porque todos los que son guiados por el Espíritu de Dios, estos son hijos de Dios.

15 Pues no habéis recibido el espíritu de esclavitud para estar otra vez en temor, sino que habéis recibido el espíritu de adopción, por el cual clamamos: ¡Abba, Padre!

16 El Espíritu mismo da testimonio a nuestro espíritu, de que somos hijos de Dios.

17 Y si hijos, también herederos; herederos de Dios y coherederos con Cristo, si es que padecemos juntamente con él, para que juntamente con él seamos glorificados.

Mateo 6:9-13 (RVR)
La Oración Del Señor

⁹ Vosotros, pues, oraréis así: Padre nuestro que estás en los cielos, santificado sea tu nombre.
¹⁰ Venga tu reino. Hágase tu voluntad, como en el cielo, así también en la tierra.
¹¹ El pan nuestro de cada día, dánoslo hoy.
¹² Y perdónanos nuestras deudas, como también nosotros perdonamos a nuestros deudores.
¹³ Y no nos metas en tentación, mas líbranos del mal; porque tuyo es el reino, y el poder, y la gloria, por todos los siglos. Amén.

Romanos 10:9-13 (RVR)
Cómo Recibir La Salvación

⁹ Que si confesares con tu boca que Jesús es el Señor, y creyeres en tu corazón que Dios le levantó de los muertos, serás salvo.

¹⁰ Porque con el corazón se cree para justicia, pero con la boca se confiesa para salvación.

¹¹ Pues la Escritura dice: Todo aquel que en él creyere, no será avergonzado.

¹² Porque no hay diferencia entre judío y griego, pues el mismo que es Señor de todos, es rico para con todos los que le invocan.

¹³ Porque todo aquel que invocare el nombre del Señor, será salvo.

Mateo 28:17-20 (RVR)
La Gran Comisión

^{17} Y cuando le vieron, le adoraron; pero algunos dudaban.

^{18} Y Jesús se acercó y les habló diciendo: Toda potestad me es dada en el cielo y en la tierra.

^{19} Por tanto, id, y haced discípulos a todas las naciones, bautizándolos en el nombre del Padre, y del Hijo, y del Espíritu Santo:

^{20} Enseñándoles que guarden todas las cosas que os he mandado; y he aquí yo estoy con vosotros todos los días, hasta el fin del mundo. Amén.

Foot Notes:

Define Arbol o **Árbol** (en Español) Fuente
https://en.wikipedia.org/wiki/Arbol

Define Aarde- Fuente www.dictionary.cambridge.org
Traducción de aarde en el diccionario holandés-inglés

Aarde- *sustantivo*
tierra [sustantivo] el tercer planeta en orden de distancia
al Sol; el planeta en el que vivimos
tierra [sustantivo] el mundo en oposición al cielo
tierra [sustantivo] suelo
tierra [sustantivo] tierra seca; el terreno

**Hay tres tipos principales de secuoyas:
Secuoya gigante, secuoya de la costa y
secuoya del amanecer** -Fuente
https://housegrail.com/different-types-of-redwood-trees
"En total, hay tres especies distintas de
secuoyas: La secuoya costera, la secuoya
gigante y la secuoya del amanecer. De estos tres
tipos, la secuoya costera y la secuoya gigante
son las más conocidas".

Jaccard/ Árbol de jacaranda - Fuente
https://www.gardeningknowhow.com/ornamental/trees/jacaranda/jacaranda-tree-information.htm
"La primera vez que alguien ve un árbol de
jacaranda (Jacaranda mimosifolia), puede
pensar que ha visto algo salido de un cuento de

hadas. Este precioso árbol suele abarcar el ancho de un jardín delantero y se cubre de hermosas flores de color púrpura lavanda cada primavera".

Enredadera Kudzu - Fuente
https://en.wikipedia.org/wiki/kudzu

Kudzu (/ˈkuːd.zuː ˈkʊd- ˈkʌd-/; también llamado **Arrurruz japonés** o **Arrurruz chino**)[1][2] es un grupo de vides perennes de hoja caduca que trepan, se enrollan y se arrastran, nativas de gran parte del Este de Asia, Sureste de Asia, y algunas islas del Pacífico,[2] pero es invasiva en muchas partes del mundo, principalmente en Norte América.

La enredadera trepa densamente por encima de otras plantas y árboles y crece tan rápidamente que los asfixia y mata al bloquear la mayor parte de la luz solar.[3]

Acerca De La Autora

Yanni Ayana es la presidenta de Yanni Ayana Media, LLC (Y.A.M.)

También es autora y profesora de la Biblia con un ministerio de radio que sigue bendiciendo a personas de todo el mundo. El objetivo de su ministerio de medios de comunicación es enseñar el mensaje del reino de Dios con sencillez y comprensión.

El amor de Yanni por las historias bíblicas y la narración se expresa vívidamente en sus escritos y en su ministerio de enseñanza de la Biblia. El deseo de su corazón es que otros tengan una relación de amor con Dios, a través de su fe en su Hijo Jesucristo. Ella cree que esta relación es vital, para que Dios cumpla su plan y diseño original para nuestras vidas.

Y.A.M. MEDIA
YANNI AYANA MEDIA, LLC
www.YanniAyana.com

The English Translation –

THE INHERITANCE: HEIRS RESTORED.